ARIAN
AM DDIM

Bob Eynon

SIOP p·15

DREF WEN

Lluniau gan Terry Higgins

© Bob Eynon 1990
Cyhoeddwyd gan Wasg y Dref Wen,
28 Ffordd yr Eglwys,
Yr Eglwys Newydd, Caerdydd CF4 2EA
Ffôn 01222 617860.
Argraffwyd ym Mhrydain.

Adargraffiad 1998

I Siân, Chris, Paul ac Elin

1.

"Roberts!"

Cododd Dafydd ei ben. Roedd yr athro yn edrych arno fe.

"Ie, Syr?"

"Oui, Monsieur!" dywedodd yr athro'n llym. "Pa mor aml mae'n rhaid i fi eich atgoffa chi mai gwers Ffrangeg ydy hon?"

"Mae'n ddrwg gen i, Syr."

"Excusez-moi, Monsieur!"

"Excusez-moi, Monsieur," meddai'r bachgen yn araf.

Roedd pawb yn edrych arno nawr. Roedd y lleill yn gallu ymlacio. Dafydd Roberts oedd y gwanaf yn y dosbarth mewn ieithoedd, ac roedden nhw'n siŵr y byddai Ffrogi Jones yn canolbwyntio arno fe am bum munud o leiaf.

"Ymhen llai na blwyddyn," esboniodd Mr Jones, "fe fyddwch chi i gyd yn sefyll arholiad pwysig iawn, y TGAU. Ydych chi eisiau llwyddo yn yr arholiad yna, Roberts?"

"Ydw, Syr."

"Wel, yn yr arholiad Ffrangeg fe fydd rhaid ichi eistedd gyferbyn â rhywun a chynnal sgwrs gyda fe yn Ffrangeg. Ydych chi'n deall hynny?"

"Ydw, Syr."

7

"Reit, Roberts, gadewch inni ailddechrau. Comment vous appelez-vous? Beth ydy eich enw chi?"

"Dafydd Roberts."

"Je m'appelle . . ."

"O . . . Je m'appelle Dafydd Roberts."

"Et où habitez-vous? Ble rydych chi'n byw?"

"Caerdydd." (Yn anffodus, meddyliodd Dafydd, achos dyna le roedd e wedi cwrdd â Ffrogi Jones.)

"J'habite Caerdydd! J'habite . . ."

"J'habite Caerdydd."

Ar ôl pum munud o'r fath roedd wyneb yr athro'n goch, ac roedd e'n dechrau colli ei lais.

"Roberts," meddai o'r diwedd.

"Ie, Monsieur?" Roedd Dafydd wedi drysu'n lân erbyn hyn!

"Y tymor dwetha fe enilloch chi gystadleuaeth geirfa Ffrangeg, on'd do fe?"

"Do, Syr."

"Wel, sut ar y ddaear enilloch chi'r gystadleuaeth os oeddech chi mor anobeithiol yn Ffrangeg?"

"Mae cof da 'da fi, Syr. Rwy'n gwybod y geiriau ond dw i ddim yn gallu eu rhoi nhw mewn trefn."

Yn ffodus canodd y gloch ar y funud yna. Cododd y disgyblion i gyd ar eu traed.

"Peidiwch â mynd allan eto," gwaeddodd Ffrogi Jones. "Devoirs!"

Ochneidiodd pob disgybl yn uchel. Roedd yn gas ganddyn nhw gael gwaith cartref.

Yn ôl yn ystafell yr athrawon roedd Mr Jones yn hapus i gael chwarter awr o ryddid cyn mynd at ei ddosbarth nesaf. Aeth yn syth at y peiriant coffi ac arllwys cwpanaid iddo fe ei hunan.

Roedd Lewis y Lab yn eistedd yng nghanol yr ystafell yn marcio llyfrau. Aeth yr athro Ffrangeg i eistedd wrth ei ochr.

"Chi ydy athro dosbarth 5b?" gofynnodd.

"Ie," atebodd Lewis y Lab heb edrych i fyny o'i lyfrau. "Pam?"

"Rwy'n cael trafferth gyda Dafydd Roberts."

"Roberts? O, mae e'n eitha diniwed," meddai Mr Lewis.

"Ond mae e'n anobeithiol yn Ffrangeg."

Chwarddodd Lewis y Lab yn uchel.

"Ac yn Saesneg hefyd, ac yn Gymraeg," meddai. "A dydy e ddim yn gallu ymuno yn y gwersi chwaraeon pan fo'r asma arno fe."

"Asma?"

"Ie. Ond ers iddo fe ddod i fyw yng Nghaerdydd mae'r asma wedi gwella tipyn."

Rhoddodd yr athro Ffrangeg ei gwpan plastig ar y bwrdd.

"Oes pwnc cryf 'da fe o gwbl?" gofynnodd, heb lawer o obaith yn ei lais.

Edrychodd Lewis y Lab arno fe am y tro cyntaf.

"Oes," atebodd. "Mae e'n dwli ar gyfrifiaduron . . ."

2.

Cododd Macsi Miles ar ei draed pan welodd Slater yn dod trwy ddrws ffrynt y dafarn. Aeth at y cownter lle roedd y barman yn golchi gwydrau.

"Peint arall," meddai Macsi wrth y barman.

"Cwrw?"

"Ie." Trodd Macsi i wynebu Slater.

"Peint i chi, Slats?" gofynnodd.

"Hanner," atebodd Slater, "ond gyda gwydraid o wisgi fel *chaser*."

Tra oedd y barman yn arllwys y diodydd roedd Macsi yn syllu ar ei ffrind.

"Rwyt ti'n edrych yn dda," meddai. "Rwyt ti wedi colli pwysau."

Cododd Slater y wisgi i'w wefusau.

"Gad inni eistedd wrth y ffenestr," meddai.

Eisteddodd y ddau ddyn wrth fwrdd lle gallen nhw weld dociau Caerdydd yn y pellter.

"Pryd gadewaist ti'r carchar?" gofynnodd Macsi gan gynnig sigarét i Slater.

"Bythefnos yn ôl," atebodd y llall. Taniodd e'r sigarét. "Beth amdanat ti, Macsi . . . Wyt ti wedi bod yn brysur?"

"Ydw." Gostyngodd ei lais. "Rydw i wedi bod yn gwylio rhywun."

"Pwy?"

"Mae e'n gweithio mewn banc yng nghanol y dref, ond mae e'n byw yn Llanisien."

"Ar ei ben ei hun?"

Siglodd Macsi ei ben.

"Nage. Mae gwraig 'da fe, a baban . . . a bachgen pymtheg oed."

Roedd Slater yn gwylio'r traffig oedd yn mynd heibio ar hyd Stryd Bute. Aeth Macsi yn ei flaen.

"Mae'r teulu'n byw mewn cul-de-sac tawel," meddai. "Mae hen wraig yn byw drws nesaf iddyn nhw. Mae hi'n mynd i'r gwely'n gynnar, am naw o'r gloch. Dydy hi ddim yn mentro allan yn aml."

"Roeddet ti'n sôn am fachgen . . ."

"O, y bachgen. Does dim problem. Dydy e ddim yn fawr iawn a dydy e ddim yn edrych yn gryf. Mae e'n mynd i un o'r ysgolion cyfun lleol."

Chwythodd Slater fwg glas at y ffenestr.

"Ydy'r wraig yn gweithio?" gofynnodd.

"Nac ydy. Fel y dywedais i, mae baban 'da nhw."

Roedd Slater yn meddwl yn ddwfn.

"Oes cynllun da 'da ti, Macsi?" meddai. "Dydw i ddim eisiau mynd yn ôl i'r jwg mor fuan . . ."

"Mae cynllun ardderchog 'da fi," ebe Macsi'n hyderus. "Arian am ddim!"

Sipiodd ei ffrind ei gwrw.

"Faint o arian?" gofynnodd.

"Hanner can mil o leiaf. Hanner i ti, a hanner i fi."

Diffoddodd Slater ei sigarét yn y blwch llwch.

"Pam hanner i fi?" gofynnodd. "Ti feddyliodd am y cynllun."

Gwenodd Macsi arno fe.

"Achos rwyt ti'n cario gwn, Slats," esboniodd.

3.

Clywodd Susan Roberts y drws ffrynt yn agor. Edrychodd ar ei wats: chwarter i chwech. Roedd ei gŵr yn hwyr.

"Susan? . . ."

"Rydw i yn y gegin, Malcolm."

Daeth Malcolm Roberts i mewn. Roedd e'n edrych yn flinedig iawn.

"Ble mae Dafydd?" gofynnodd e.

"Yn ei ystafell, yn gweithio ar ei gyfrifiadur."

Ochneidiodd ei gŵr yn ddwfn.

"Dylai fe gymryd fy lle i yn y banc," meddai'n eironig.

Edrychodd Susan i fyny o'r stof nwy.

"Sut roedd Mr Humphries heddiw?" gofynnodd hi.

Rheolwr newydd y banc oedd Mr Humphries. Flwyddyn yn ôl roedd yr hen reolwr, Mr Evans, wedi perswadio Malcolm Roberts i adael Cwm Rhondda a dod â'i deulu i fyw yng Nghaerdydd.

"Bydd Mr Jeffries, is-reolwr y banc, yn ymddeol cyn bo hir, Malcolm," roedd Mr Evans wedi dweud wrtho. "Fydd dim siawns 'da chi i gael y swydd os byddwch chi'n dal i fyw yn y cymoedd ymhell o

14

Gaerdydd."

Ond erbyn hyn roedd Mr Evans wedi symud i fanc arall, ac roedd Mr Humphries wedi dod o Loegr i reoli'r banc. Doedd Malcolm Roberts ddim yn hoffi'r rheolwr newydd, a doedd Mr Humphries ddim yn ei hoffi e chwaith. A dweud y gwir doedd Mr Humphries ddim yn hoffi neb yn y banc. Yn ôl y rheolwr newydd doedd staff y banc ddim yn gweithio'n ddigon caled, a doedd eu desgiau ddim yn ddigon taclus. Roedd Mr Humphries eisiau newid popeth ac roedd e'n trafod pawb fel plant drwg.

"O, Mr Humphries," meddai Malcolm wrth ei wraig. "Yr un mor gas ag arfer. Wrth gwrs, Sais ydy e, felly . . ."

"Malcolm!" meddai Susan dan wenu. "Mae 'da ti ffrindiau sy'n Saeson yn y clwb snwcer. Dwyt ti ddim yn cwyno amdanyn nhw."

Cododd ei gŵr ei ysgwyddau.

"Dydyn nhw ddim fel Humphries o gwbl," esboniodd e. "Beth wyt ti'n ei feddwl o ddyn sy'n gadael ei deulu ar ôl yn Birmingham ac sy'n byw ar ei ben ei hun yng ngwesty'r Parc? Does dim calon 'da fe, Susan."

"Ond does dim dewis 'da fe," protestiodd Susan. "Dydy eu tŷ newydd nhw ddim yn barod eto. Mae'n rhaid iddo fe fyw mewn gwesty dros dro."

"Dad . . ."

Roedd Dafydd wedi dod i mewn i'r gegin.

"Ie, Dafydd?"

"Ga i ddefnyddio'r cyfrifiadur mawr heno, os gweli di'n dda?"

Siglodd ei dad ei ben.

"Na chei, Dafydd," meddai. "Fe fydd rhaid i fi ddefnyddio'r cyfrifiadur mawr i anfon manylion i'r banc ar ôl te."

Ddywedodd Susan Roberts yr un gair, ond roedd hi'n meddwl nad oedd rheolwr newydd y banc yn gadael dim llonydd i Malcolm hyd yn oed yn y nos.

Tra oedd y teulu yn cael te canodd y ffôn. Aeth mam Dafydd i'w ateb. Pan ddaeth hi'n ôl roedd hi'n edrych yn ddifrifol.

"Mae car Cyril wedi torri i lawr," meddai hi. (Brawd Susan Roberts oedd Cyril). "Roedd e'n bwriadu mynd â Mam i'r ysbyty yfory am naw o'r gloch. Mae e eisiau gwybod a fydd hi'n bosibl i fi fynd adref yn ein car ni heno a mynd â Mam i'r ysbyty yn y bore."

"Bydd, wrth gwrs," meddai Malcolm heb betruso. "Dwyt ti ddim yn mynd adref yn aml. Mi a i i'r gwaith ar y bws yfory."

4

Gweithiodd Malcolm Roberts yn ei stydi ar y llawr isaf tan hanner awr wedi naw. Yna diffoddodd e'r cyfrifiadur ac aeth yn ôl i'r lolfa. Roedd y lolfa'n wag; roedd Susan a Sioned wedi gadael y tŷ dipyn cyn wyth o'r gloch, ac roedd Dafydd i fyny'r grisiau yn ei ystafell yn gweithio gyda'i gyfrifiadur ei hunan.

Aeth Malcolm at waelod y grisiau a gweiddi,

"Dafydd! . . ."

"Ie, Dad?"

"Oes syched arnat ti? Rydw i'n mynd i wneud cwpanaid o goffi."

Chlywodd e mo'r ateb. Roedd cloch y drws ffrynt yn canu. Aeth Malcolm drwy'r lolfa i weld pwy oedd yno.

Pan agorodd y drws gwelodd e ddyn yn sefyll ar y llwybr, hanner ffordd i'r glwyd. Roedd hi'n dywyll a doedd Malcolm ddim yn gallu gweld wyneb y dyn yn glir.

"Esgusodwch fi," meddai'r dieithryn. "Rydw i newydd gael damwain yn fy nghar. Oes ffôn gyda chi? Fe hoffwn i alw'r heddlu."

"Wrth gwrs," atebodd Malcolm heb betruso. "Dewch i mewn."

Camodd y dyn ymlaen, ond yn sydyn tynnodd e hances ar draws ei wyneb fel bandit mewn ffilm am y

Gorllewin Gwyllt.

"Beth sy?" gofynnodd Malcolm yn syn.

Ceisiodd e gau'r drws ond gwthiodd Slats Slater y dryll yn ei fola.

"Mewn i'r tŷ," gorchmynnodd y giangster. "A brys-iwch!"

Dilynodd e Malcolm i mewn i'r lolfa.

"Nawr, mewn i'r gegin," meddai Slats.

Clywon nhw gamau ar y grisiau. Trodd Slats ei ben a gweld Dafydd Roberts ar ei ffordd i lawr.

"Dere 'ma, 'machgen i," meddai Slats. "Ble mae dy fam di?"

Ddywedodd y bachgen ddim gair. Roedd popeth wedi digwydd mor gyflym fel nad oedd e'n meddwl yn glir.

"Mae fy ngwraig i ffwrdd tan yfory," meddai Malcolm Roberts.

Roedd y giangster yn dal i wylio Dafydd.

"Dere 'ma," gorchmynnodd eto. "Wyt ti'n fyddar neu'n dwp?"

Daeth Dafydd i lawr y grisiau'n araf.

"Da iawn," meddai Slats yn eironig. "Nawr cer i agor drws y gegin. Mae fy ffrind yn aros tu allan."

Aeth y bachgen i agor y drws cefn a daeth Macsi Miles i mewn. Roedd Macsi'n gwisgo hances dros ei wyneb hefyd.

"Ble mae'r wraig?" gofynnodd e'n ofidus.

"Paid â phoeni," atebodd ei ffrind. "Mae hi i ffwrdd."

Trodd Macsi at Malcolm Roberts.

"Pryd bydd hi'n dod yn ôl?" gofynnodd.

"Yfory. Dydw i ddim yn siŵr pryd yn union," meddai Malcolm.

"Iawn. Beth ydy'ch enw chi?"

"Malcolm Roberts. A Dafydd ydy enw fy mab."

Edrychodd Macsi ar Dafydd. Roedd wyneb y bachgen yn wyn.

"Paid â phoeni," meddai'r giangster wrtho fe. "Fydd dim byd yn digwydd iti os bydd dy dad yn rhesymol."

"Mae asma arno fe," esboniodd Malcolm.

"Fe gaiff e rywbeth llawer gwaeth nag asma, os na fyddwch chi'n barod i'n helpu ni," meddai Slats dan chwerthin.

Edrychodd Macsi o gwmpas yr ystafell.

"Dafydd," meddai wrth y bachgen, "cer i gau'r llenni i gyd ar y llawr yma. Yna fe fyddwn ni'n gallu ymlacio."

5.

Trawodd cloc y lolfa hanner nos. Roedd Dafydd yn gorwedd ar y soffa gyda blanced dros ei goesau, ond

20

doedd e ddim yn cysgu. Roedd e'n cymryd rhan mewn gêm o Trivial Pursuit gyda'i dad a'r ddau giangster.

Taflodd Slats Slater y dîs.

"Pedwar," meddai, gan symud ei fys bedwar lle o gwmpas y bwrdd. "Melyn."

Dewisodd Macsi gerdyn a'i ddarllen.

"Faint o wragedd oedd gan Harri'r Wythfed?"

"Wyth," meddai Slats heb feddwl.

"Nage, chwech. Tro Dafydd nesaf."

Canodd y ffôn yng nghornel yr ystafell. Edrychodd Macsi ar Malcolm Roberts.

"Ewch i weld pwy sy yno," meddai.

"Nid y fe . . ." gorchmynnodd Slater yn sydyn. "Y bachgen."

Cododd Dafydd yn araf ac aeth at y ffôn. Cododd y derbynnydd.

"Ie?"

"Malcolm?" Llais ei fam oedd e.

"Nage . . . Dafydd sy yma." Edrychodd e ar ei dad.

"Dafydd? Dwyt ti ddim yn y gwely eto? Mae hi'n bum munud wedi hanner nos!"

"Na . . . Nac ydw." Petrusodd Dafydd am eiliad. "Roedd rhywbeth diddorol ar y teledu. Wyt ti eisiau siarad â Dad?"

Edrychodd Malcolm Roberts ar y ddau giangster. Nododd Macsi ei ben a chododd Malcolm ar ei draed. Pan gyrhaeddodd e'r ffôn trodd ei ben a gwelodd fod

21

Slats Slater yn cyfeirio'r dryll ato fe.

Roedd y tair neu bedair munud nesaf yn anodd iawn i dad Dafydd. Roedd rhaid iddo fe ymddwyn yn naturiol tra oedd ei wraig yn gofyn cwestiwn ar ôl cwestiwn. Pam nad oedd Dafydd yn y gwely? Oedd e wedi bod yn sâl? Oedd popeth yn iawn yn y tŷ?

Pan roddodd e'r ffôn i lawr roedd y chwys yn rhedeg i lawr ei wyneb.

"Ydy'ch gwraig yn amau rhywbeth?" gofynnodd Macsi.

Eisteddodd Malcolm yn drwm yn ei gadair.

"Nac ydy," atebodd. "Roedd hi'n poeni am y bachgen, dyna'r cwbl."

Roedd Malcolm yn teimlo'n nerfus iawn. Doedd e ddim yn gallu gweld wynebau'r ddau giangster o dan yr hancesi felly doedd e ddim yn gallu dyfalu beth roedden nhw'n ei feddwl.

Trodd Macsi at ei bartner.

"Rydw i'n mynd lan lofft am funud," meddai.

"I beth?" Roedd y dryll yn llaw Slats o hyd.

"I roi golau yn yr ystafelloedd gwely," esboniodd Macsi. "Wedyn fe fyddwn ni'n diffodd y goleuadau i gyd. Mae'n rhaid i bopeth edrych yn naturiol."

Cyfeiriodd Slater at lamp fach uwchben y teledu yng nghornel y lolfa.

"Ydy'r lamp 'na'n gweithio?" gofynnodd i Malcolm.

"Ydy, ond dydy hi ddim yn rhoi golau cryf,"

22

atebodd Malcolm.

"Perffaith," meddai Macsi. "Dydyn ni ddim eisiau gormod o olau, neu fe fydd y cymdogion yn gofyn beth sy'n mynd ymlaen."

Syllodd Slats Slater ar Malcolm a Dafydd.

"Peidiwch â gwneud dim byd ffôl yn ystod y nos," meddai. "Mae bwledi yn gallu lladd yn y tywyllwch hefyd . . ."

6.

"Pwy sy 'na?"

Agorodd Dafydd ei lygaid. Roedd Macsi wedi codi ar ei draed ac roedd e'n croesi'r ystafell i'r man lle roedd ei bartner yn eistedd.

Edrychodd Slats i fyny.

"Paid â phoeni," meddai'n sych. "Dim ond y postmon. Fe glywais i fe'n dod i fyny'r heol."

Gwrandawon nhw ar gamau'r postmon yn diflannu yn y pellter. Roedd e wedi gwthio rhywbeth trwy'r blwch llythyrau ac nawr roedd e ar ei ffordd i stryd arall. Trodd Slater at Malcolm.

"Roberts!"

"Ie?" Rhwbiodd Malcolm ei lygaid. Doedd e ddim wedi treulio noson gyffyrddus yn y gadair freichiau.

"Agorwch y llenni. Ond byddwch yn ofalus. Rydw

i'n gwylio pob symudiad."

Agorodd Malcolm lenni'r lolfa a daeth golau'r haul i mewn trwy'r ffenestr. Edrychodd Dafydd ar y cloc ar y wal: ugain munud wedi saith. Trodd Macsi ato fe.

"Wyt ti'n gallu coginio, Dafydd?" gofynnodd.

"Wel, dim ond wyau mewn sosban o ddŵr," atebodd y bachgen. "Fel arfer Mam sy'n coginio i'r teulu."

"Fe fydd wyau yn ffein," ebe'r giangster. "Fe helpa

24

i di."

Dilynodd e'r bachgen i mewn i'r gegin. Arhosodd Malcolm yn y lolfa gyda Slater. Syllodd Slats arno fe.

"Mae Dafydd yn fachgen da," sylwodd y giangster.

"Ydy," meddai Malcolm yn dawel.

"Dwyt ti ddim eisiau ei golli e . . ." Roedd llygaid Slater yn oer.

"Nac ydw."

"Na'r wraig chwaith, na'r baban."

Cwrddodd llygaid y ddau ddyn.

"Fe hoffwn i wybod beth sy'n mynd ymlaen," ebe Malcolm yn sydyn.

"Hoffech chi? Fe hoffwn *i* gael sigarét, ond alla i ddim oherwydd y mwgwd. Fe hoffwn i fod yn gyfoethog hefyd. Ydych chi'n deall hynny?"

"Ydw. Ond dw i ddim yn deall pam ryd. . ."

"Am faint o'r gloch rydych chi'n dechrau gweithio yn y bore?"

"Fel arfer rydw i'n cyrraedd y banc tua hanner awr wedi wyth."

"Yn y car," meddai Slater. Roedd Macsi wedi gwneud ei waith cartref yn dda.

"Ie. Ond does dim car 'da fi heddiw. Mae'r car gan fy ngwraig."

"Sdim ots. Fe allwch chi gymryd y bws heddiw."

Syllodd Malcolm arno fe.

"Rydw i'n mynd i'r banc?"

"Ydych . . . am ychydig bach. Fe fyddwch chi'n ôl yma erbyn canol dydd . . . gyda thrigain mil o bunnau yn eich cas chi."

"Trigain mil o bunnau? Ond sut?"

"Nid fy mhroblem i ydy honna," gwenodd Slats. "Ond os na fyddwch chi'n ôl yn y tŷ 'ma erbyn hanner dydd fe fydd y bachgen yn marw, ac efallai eich gwraig chi hefyd."

Trodd y giangster ei ben a gwelodd Dafydd yn sefyll wrth y drws. Roedd y bachgen wedi clywed geiriau Slats yn glir.

"Beth rwyt ti eisiau?" Roedd llais y giangster yn grac.

"Mae eich ffrind chi'n gofyn faint o wyau rydych chi eisiau," meddai Dafydd yn ddidaro. Yna trodd ei gefn ac aeth yn ôl i'r gegin.

7.

Roedd y tŷ yn ymddangos yn wag ar ôl i Malcolm Roberts gychwyn ar ei ffordd i'r gwaith. Hyd yn hyn doedd Dafydd ddim wedi teimlo'n ofnus, ond nawr dechreuodd e boeni — nid amdano fe ei hunan ond am ei fam a Sioned.

Gobeithio y bydd rhaid iddi hi aros yn yr ysbyty tan y prynhawn, meddyliodd. Pe bai hi a Sioned yn dod yn ôl cyn hanner dydd . . . Crynodd e dipyn wrth feddwl am yr hyn allai ddigwydd.

Ond roedd Dafydd yn meddwl trwy'r amser am ffordd i achub y sefyllfa. Roedd yn gwybod na fyddai ei dad yn datgelu dim i neb rhag ofn peryglu bywydau ei deulu, ond roedd ganddo ef syniadau eraill. Gwyddai fod Malcolm Roberts yn gallu anfon negesau i'r banc trwy'r cyfrifiadur yn ei stydi. Er mwyn gwneud y cysylltiad roedd Malcolm yn defnyddio rhif côd y banc a llythrennau cyntaf ei enw.

Roedd ei dad wedi dweud wrtho fod Mr Humphries y rheolwr yn cyrraedd y banc yn gynnar yn y bore. Roedd e'n mynd trwy'r wybodaeth newydd ar y cyfrif-iadur canolog yn y banc tan naw o'r gloch. Wedyn roedd e'n trafod unrhyw broblem gydag aelodau'r staff cyn i'r banc agor ei ddrysau.

Edrychodd Dafydd ar y cloc. Bron pum munud ar hugain wedi wyth. Doedd dim amser i'w golli.

"Esgusodwch fi," meddai'n sydyn.

Edrychodd Macsi Miles arno fe.

"Beth sy'n bod?" gofynnodd.

Doedd Slats Slater ddim wedi codi ei lygaid. Roedd e'n glanhau baril y gwn â'i hances.

"Fe hoffwn i wneud fy ngwaith cartref," meddai Dafydd, "os nad ydw i'n mynd i'r ysgol y bore 'ma."

"Cer ymlaen," atebodd Macsi. "Does dim ots 'da fi."

"Fel arfer rydw i'n gwneud y gwaith ar y cyfrif-iadur," meddai Dafydd.

Cododd Macsi ei ysgwyddau. Roedd e'n dal i feddwl am Malcolm Roberts, ac roedd e'n teimlo'n nerfus. Oedden nhw'n gallu dibynnu ar Roberts i ddod â'r arian yn ôl heb gysylltu â'r heddlu?

Edrychodd Slats Slater i fyny.

"Ble mae'r cyfrifiadur?" gofynnodd.

"Lan lofft yn fy ystafell wely."

Chwarddodd Slater yn uchel.

"Dim siawns," meddai'n sych. "Dwyt ti ddim yn mynd lan lofft."

"Mae un arall yn swyddfa fy nhad," meddai Dafydd yn gyflym. "Ar y llawr yma."

Meddyliodd Slats am funud. Byddai'n syniad da i gael gwared o'r bachgen am sbel. Byddai'n gallu tynnu'r mwgwd a chael sigarét.

"O'r gorau," meddai. "Ond ddim ar dy ben dy hun. Fe aiff fy mhartner gyda ti."

Dilynodd Macsi'r bachgen i mewn i swyddfa fach Malcolm Roberts. Trodd Dafydd at y giangster a gofyn,

"Ydych chi'n siarad Ffrangeg?"

"Ffrangeg?" Siglodd Macsi ei ben. "Nac ydw. Wnes i mo Ffrangeg yn yr ysgol."

Eisteddodd Dafydd o flaen y cyfrifiadur a chynnau'r trydan.

"Dyna drueni," meddai. "Roeddwn i'n gobeithio y byddech chi'n gallu fy helpu i gyda fy ngwaith cartref . . ."

8.

Edrychodd Dafydd ar y sgrîn wag. Byddai'n rhaid iddo ddefnyddio allweddell y cyfrifiadur er mwyn ysgrifennu neges ar y sgrîn. Yna byddai'n rhaid iddo ddefnyddio rhif côd y banc a llythrennau cyntaf enw ei dad er mwyn anfon y neges at reolwr y banc.

Roedd Dafydd yn gyfarwydd â rhif côd y banc achos roedd llyfr sieciau ganddo, ac roedd y rhif côd ar waelod pob siec. Roedd e'n cofio'r rhif yn dda. Yr unig broblem nawr oedd sut i ysgrifennu'r neges. Roedd y giangster wedi dweud nad oedd e'n deall Ffrangeg, felly gallai Dafydd ddefnyddio'r iaith yna. Ond oedd ei Ffrangeg yn ddigon da? Roedd geirfa Ffrangeg eitha da ganddo, ond doedd e ddim yn deall rheolau'r iaith o gwbl.

Edrychodd ar y silff uwchben y cyfrifiadur. Roedd hi'n llawn o lyfrau ei dad, ac yng nghanol y llyfrau roedd geiriadur Ffrangeg mawr. Pe bai'r giangster yn sylwi ar y geiriadur, byddai'n gallu cyfieithu'r neges ar y sgrîn heb drafferth.

Ceisiodd Dafydd anghofio'r geiriadur ar y silff.

Roedd rhaid iddo ganolbwyntio ar y neges. Dechreu-
odd e deipio:

"Deux voleur dans la maison. Pere aller a travailler
avoir argent pour les voleurs. Moi dans la maison avec
voleurs. Venir vite." (Dau leidr yn y tŷ. Dad mynd i
weithio i gael arian i'r lladron. Minnau yn y tŷ gyda'r
lladron. Dewch yn gyflym.)

Petrusodd am eiliad. Roedd e wedi anghofio'r peth
pwysicaf. Ychwanegodd frawddeg arall,

"Un voleur avoir fusil." (Gwn gan un lleidr.)

"Beth rwyt ti wedi'i ysgrifennu?" gofynnodd Macsi'n sydyn.

Aeth cryndod drwy gorff Dafydd.

"Llythyr i ffrind yn Ffrainc," atebodd.

"Beth, mae ffrind 'da ti yn Ffrainc?"

Siglodd y bachgen ei ben.

"Nac oes. Ond mae'r athro eisiau inni ddychmygu bod ffrindiau 'da ni yn Ffrainc ac wedyn ysgrifennu llythyrau atyn nhw."

Chwarddodd Macsi'n uchel.

"Mae'r athro yna'n dwp!" dywedodd.

Meddyliodd Dafydd am ei hen elyn Ffrogi Jones.

"Ydy," meddai gyda theimlad.

Ond doedd y giangster ddim yn gwrando arno fe. Roedd e'n syllu ar y llyfrau ar y silff. Aeth gwaed Dafydd yn oer. Oedd Macsi wedi sylwi ar y geiriadur Ffrangeg?

"Wel, wel," meddai. "Dyna lyfr diddorol."

Caeodd y bachgen ei lygaid. Byddai'n rhaid iddo ddileu'r neges ar y sgrîn.

"Wyt ti'n gweld, Dafydd? Mae dy dad yn cymryd diddordeb mewn pysgota."

Edrychodd Dafydd i fyny. Roedd Macsi wedi dewis y llyfr nesaf at y geiriadur.

"A Guide to Trout Fishing," darllenodd y giangster mewn llais uchel. "Ardderchog. Roeddwn i'n hoff iawn o bysgota pan oeddwn i'n fachgen."

31

Aeth i eistedd yng nghornel yr ystafell gyda'r llyfr. Trodd Dafydd yn ôl at y cyfrifiadur a gwagio'r sgrîn. Teipiodd rif côd y banc. Yna ychwanegodd y llythrennau M.R. (am Malcolm Roberts).

Ddigwyddodd dim byd. Ysgrifennodd Dafydd y gorchymyn yr ail dro. Dim byd . . . Ceisiodd eto gan ddileu'r atalnodau, ond heb lwyddiant. Oedd y cyfrifiadur yn gweithio'n iawn? Neu oedd e wedi gwneud camgymeriad yn rhywle?

"Dere i weld y pysgod 'ma," ebe Macsi. "Fe gawson nhw eu dal yn yr Alban."

Roedd rhaid i Dafydd godi ac astudio lluniau'r llyfr pysgota gyda'r giangster. Ar ôl ychydig cafodd syniad. Agorodd e'r llyfr ar y tudalen cyntaf. Roedd ei dad wedi ysgrifennu ei enw yno: Malcolm Geraint Roberts. Wrth gwrs! Roedd enw canol gan ei dad. Pan aeth Dafydd yn ôl at y cyfrifiadur roedd e'n teimlo'n hapusach. Ceisiodd e eto a gwelodd y sgrîn yn newid i: INFORMATION ACCEPTED.

"Beth ydy'r amser?" gofynnodd i'r giangster.

Edrychodd Macsi ar ei wats.

"Deng munud wedi naw," atebodd.

"O . . ." Deng munud yn rhy hwyr, meddyliodd Dafydd yn drist.

9

Cyrhaeddodd Malcolm Roberts y banc yng nghanol Caerdydd am hanner awr wedi naw. Roedd ei daith ar y bws wedi bod yn ofnadwy. Roedd damwain wedi digwydd rhwng dwy lori a bu'n rhaid i'r bws aros am dri chwarter awr mewn rhes o draffig a oedd yn ymestyn am ddwy filltir. Trwy'r amser bu Malcolm yn poeni sut y gallai ddwyn allweddau'r diogell o swyddfa Mr Jeffries, yr is-reolwr, heb i hwnnw sylwi. Ac roedd amser yn cerdded.

Roedd y banc yn agor ei ddrws i'r cwsmeriaid pan gyrhaeddodd Malcolm. Aeth yn syth i'w swyddfa yng nghefn y banc. Roedd e'n gosod ei gas gwag ar ei ddesg pan glywodd lais Mr Jeffries.

"Malcolm!" Roedd Jeffries yn galw ei enw trwy ddrws agored y swyddfa nesaf.

"Ie, Mr Jeffries?"

Aeth i mewn i swyddfa'r is-reolwr. Roedd Jeffries yn astudio ffeil o bapurau.

"Mae'n ddrwg gen i, Mr Jeffries," ebe Malcolm ar unwaith. "Rydw i wedi bod mewn tagfa draffig am awr."

Edrychodd Jeffries i fyny.

"Mae popeth yn digwydd y bore 'ma," meddai mewn llais blinedig. "Ac mae Mr Humphries mewn tymer ofnadwy."

Dyna ichi newid, meddyliodd Malcolm yn chwerw.

"Mae e eisiau gweld cyfrifon yr wythnos ddiwetha," meddai Jeffries. "Mae'n rhaid i fi fynd â nhw iddo fe ar unwaith. Fe fydd rhaid i chi agor y diogell os bydd eisiau arian ar staff y cownter."

Rhoddodd e glwstwr o allweddi i'r clerc. Doedd Malcolm ddim yn gallu credu ei lwc. Aeth yn ôl i'w swyddfa i nôl y cas gwag, a gwelodd e Jeffries yn diflannu trwy ddrws swyddfa rheolwr y banc. Yna cerddodd Malcolm ar hyd coridor cul ac i lawr y grisiau i'r diogell. Roedd tri chlo ar ddrws y diogell ac agorodd e nhw heb drafferth. Roedd popeth yn digwydd fel breuddwyd. Llanwodd e'r cas ar frys: trigain mil o bunnau mewn arian papur.

Caeodd y drws y tu ôl iddo a dringodd y grisiau. Roedd y cas yn drwm nawr.

"Malcolm!"

Roedd clerc arall, Kim Morgan, yn sefyll wrth ben y grisiau. Aeth coesau Malcolm yn wan.

"Beth?" gofynnodd e'n bryderus.

"Mae galwad ffôn ichi. Fe godais i'r derbynnydd yn eich swyddfa chi."

"O . . . Diolch, Kim."

Aeth heibio i'r ferch gan gydio yn y cas yn dynn. Caeodd e ddrws ei swyddfa y tu ôl iddo a chododd y ffôn.

"Hylo, Malcolm? Susan sy 'ma. Sut mae Dafydd?"

"O, Susan . . ." Sychodd e'r chwys oddi ar ei dalcen â'i hances. "Mae Dafydd yn iawn. Ble rwyt ti nawr?"

"Yn ysbyty Dwyrain Morgannwg, wrth gwrs. Ond roeddwn i'n poeni am Dafydd. Neithiwr pan ffoniais i am hanner nos roedd e'n dal heb fynd i'r gwely, felly . . ."

Clywodd Malcolm ddrws ei swyddfa'n agor.

"Gwranda, Susan," meddai'n llym. "Rydw i'n brysur iawn. Mae'n ddrwg gen i, ond dydyn ni ddim yn gallu siarad nawr."

"Ond mae Dafydd yn iawn, ydy e?"

"Ydy, ydy, mae e'n iawn."

Clywodd e glic ar ben arall y lein. Roedd yn siŵr fod Susan yn ddig wrtho. Trodd at y drws. Roedd Jeffries wedi dod i mewn i'r swyddfa.

"Mae Mr Humphries eisiau eich gweld chi ar unwaith, Malcolm," meddai.

Ochneidiodd Malcolm yn ddwfn. Doedd ei broblemau ond newydd ddechrau!

10.

Curodd Malcolm Roberts ar ddrws rheolwr y banc.

"Dewch i mewn!"

Caeodd Malcolm y drws y tu ôl iddo, yna aeth i sefyll o flaen desg Mr Humphries.

"Fe ddywedodd Mr Jeffries eich bod chi eisiau fy ngweld i," meddai.

Edrychodd Humphries i fyny. Dyn tew oedd e a chanddo drwyn enfawr. Roedd ei lygaid yn fach y tu ôl i'w sbectol, fel llygaid llygoden.

"Ydw," meddai Humphries. "Rydw i eisiau trafod y gwaith a wnaethoch chi neithiwr ar y cyfrifiadur."

"Yn y tŷ?"

"Ie, gartref."

Agorodd rheolwr y banc ffeil ddu.

"Oedd y gwaith yn iawn?" gofynnodd Malcolm.

"Oedd. Ond roeddech chi'n gweithio'n rhy hwyr yn y nos."

"Rhy hwyr, Mr Humphries? Dydw i ddim yn deall."

Ochneidiodd Humphries yn ddwfn.

"Dydy gweithio yn y nos ddim yn esgus ichi ddod i'r banc awr yn hwyr yn y bore, Roberts," meddai'n sych.

Cochodd wyneb y clerc. Roedd e ar bigau'r drain.

"Fe gyrhaeddais i'n hwyr y bore 'ma achos doedd dim car 'da fi, ac oherwydd damwain rhwng dwy lori ar y ffordd i mewn i'r dref."

Roedd llais Malcolm yn codi bob eiliad. Caeodd Mr Humphries y ffeil.

"Ydych chi'n teimlo'n iawn, Roberts?" gofynnodd. "Dydych chi ddim yn edrych yn dda o gwbl."

Petrusodd Malcolm am eiliad. Roedd e wedi dechrau colli ei dymer, ond yn sydyn cafodd e syniad.

"A dweud y gwir rydw i'n teimlo'n ofnadwy," meddai.

"Beth sy'n bod?"

"Wn i ddim, Mr Humphries. Ffliw, efallai. Fe ddechreuais i deimlo'n wael ar y bws."

Cododd rheolwr y banc yn gyflym ac aeth i agor pob ffenestr yn ei swyddfa.

"Fe fydd yn well ichi fynd adref, Roberts," meddai. "Dydw i ddim eisiau i'r staff i gyd gael y ffliw hefyd."

"O'r gorau, Mr Humphries," meddai Malcolm yn hapus. "Fe af i ddal y bws ar unwaith."

Siglodd rheolwr y banc ei ben.

"Na wnewch, Roberts," meddai. "Os ydych chi'n teimlo'n sâl fe alwa i am dacsi ichi."

"Diolch."

"Ond fe fydd rhaid i chi dalu am y tacsi, wrth gwrs."

Gwenodd Malcolm yn eironig.

"Wrth gwrs, Mr Humphries. Diolch."

Pan aeth y clerc yn ôl i'r swyddfa roedd e'n teimlo'n well. Ugain munud yn ddiweddarach canodd y ffôn ar ei ddesg. Cododd e'r derbynnydd a chlywodd lais Kim Morgan ar y lein.

"Ie, Kim?"

"Mae gyrrwr tacsi newydd ddod i mewn i'r banc.

Mae e'n dweud fod Mr Humphries wedi gofyn iddo fynd â chi adref. Jôc ydy hyn, Malcolm?"

"Nage, Kim," atebodd Malcolm Roberts, ac roedd ei lais e'n ddifrifol. "Nid jôc ydy hi o gwbl!"

11.

Fwynhaodd Malcolm Roberts mo'r daith adref. Roedd golwg swrth ar yrrwr y tacsi ac roedd e'n cwyno trwy'r daith.

"Rydw i wedi bod yn gweithio trwy'r nos," meddai wrth Malcolm. "Ond doedd neb arall eisiau gweithio'r bore 'ma."

Ond roedd Malcolm yn meddwl am y cas trwm ar ei benliniau. Pe bai rhywun yn y banc yn sylweddoli beth oedd wedi digwydd . . .

Sylwodd Malcolm fod y tacsi yn cael trafferth i ddringo'r rhiw.

"Mae'r peiriant yn rhy boeth," esboniodd y gyrrwr. "Mae rhywbeth o'i le gyda'r system dŵr, neu'r *points* efallai. Wn i ddim — dydw i ddim yn beiriannydd."

Dechreuodd Malcolm chwysu. Roedd yn bwysig iddo gyrraedd y tŷ cyn hanner dydd. Edrychodd ar ei wats. Roedd hi wedi stopio.

Pan gyrhaeddon nhw Lanisien gofynnodd y gyrrwr, "Ble nawr?"

"Cymerwch yr ail dro ar y dde ar ôl yr eglwys."

Dilynodd y dyn ei gyfarwyddiadau, ond wrth iddo droi i mewn i'r cul-de-sac gwelodd fod fan wen wedi ei pharcio yng nghanol y ffordd. Roedd dau ddyn mewn dillad gwyn yn sefyll wrth ddrws agored y fan a thuniau o baent yn eu dwylo.

Roedd rhaid i yrrwr y tacsi bwyso ar y brêcs. Pesychodd peiriant y tacsi, yna aeth yn ddistaw.

"Blydi ffŵl!" gwaeddodd y gyrrwr drwy ffenestr agored y tacsi.

Trodd un o'r peintwyr ato fe a chodi dau fys yn yr awyr.

"Faint sy arna i ichi?" gofynnodd Malcolm yn gyflym.

"Tair punt pum deg."

Rhoddodd Malcolm bum punt iddo. Tra oedd e'n cerdded ar hyd yr heol, clywai'r gyrrwr yn ceisio cychwyn peiriant y tacsi, ond yn ofer.

12.

Neidiodd Macsi Miles ar ei draed pan ddaeth Malcolm Roberts drwy'r drws.

"Ydych chi ar eich pen eich hunan?" gofynnodd.

"Ydw," atebodd Malcolm. Edrychodd o gwmpas yr ystafell. "Ble mae Dafydd?"

"Lan lofft," meddai Macsi. "Rydw i wedi clymu ei ddwylo a'i goesau, ac mae gag yn ei geg. Fe fydd rhaid imi wneud yr un peth i chi."

Tra oedd e'n clymu dwylo Malcolm aeth Slats Slater i agor y cas. Pan welodd e'r arian mewn bwndeli taclus chwarddodd yn uchel.

"Fel y dywedaist ti," meddai'n hapus wrth ei bartner. "Arian am ddim . . ."

Ymhen pum munud gadawodd Macsi a Slats y tŷ a cherdded i lawr y llwybr at y glwyd. Roedden nhw wedi tynnu'r mygydau ac roedden nhw'n cerdded yn gyflym rhag ofn bod yr hen wraig drws nesaf yn edrych trwy ei ffenestr.

Ar ben arall y cul-de-sac roedd y dyn tacsi yn gweithio'n brysur ar beiriant ei gerbyd o dan y foned agored. Roedd y fan wen wedi symud tipyn er mwyn gadael i'r traffig fynd heibio. Roedd drws cefn y fan yn agored ond roedd y ddau beintiwr yn eistedd ar y sedd flaen gan fwyta brechdanau a chwerthin am ben y dyn tacsi a oedd yn rhegi rhwng ei ddannedd.

Cerddodd y ddau giangster rhwng y fan a'r tacsi heb ddweud gair. Roedd Macsi yn dal y cas yn dynn yn ei law. Yn sydyn clywon nhw lais yn gweiddi,

"Dwylo i fyny! Heddlu. Mae gwn 'da fi."

Trodd Macsi ei ben a gweld gyrrwr y tacsi yn anelu dryll ato fe. Gollyngodd y cas i'r ddaear a chododd ei ddwylo i'r awyr.

"Slats," meddai, "paid â bod yn hurt."

Doedd Slats Slater ddim yn gwrando arno. Roedd e wedi troi yn sydyn a neidio trwy ddrws cefn agored y fan. Ceisiodd dynnu'r dryll o'i boced ond teimlodd rywun yn gafael yn ei law. Yna teimlodd e faril gwn yn pwyso ar ei dalcen. Edrychodd i fyny. Roedd y ddau ddyn yn y fan yn gwenu arno. Roedd un yn dal y gwn a'r llall yn dangos ei fathodyn heddlu.

"Rwyt ti wedi glanio ar dun agored, Slats," chwarddodd un ohonyn nhw. "Ac rwyt ti'n baent i gyd. Gyda llaw, os wyt ti am ddysgu sut i beintio, mae dosbarth celf yn y carchar . . ."

13.

Y noson honno ymwelodd Mr Humphries, rheolwr y banc, â chartref Dafydd yn Llanisien.

"Roeddwn i'n gweithio yn fy swyddfa y bore 'ma," esboniodd wrthyn nhw, "pan fflachiodd larwm cyfrifiadur canolog y banc. Fe fflachiodd y golau fwy nag unwaith. Roedd yn amlwg i fi fod rhywun yn ceisio torri i mewn i'r system. Ond doedd e ddim yn llwyddo achos roedd e'n defnyddio'r côd anghywir."

Roedd y teulu yn eistedd yn y lolfa gan wrando arno'n ofalus. Roedden nhw i gyd yn teimlo'n well ar ôl y dychryn a gawson nhw yn y bore. Sipiodd Mr

Humphries ei goffi cyn mynd yn ei flaen.

"Fe gysylltais i â'r heddlu ar unwaith," meddai. "Yna, hanner awr wedyn, fe dderbyniais i neges Dafydd yn Ffrangeg ar y cyfrifiadur. Fe alwais i'r heddlu unwaith eto. Roedd rhaid inni weithio'n gyflym ond roedd rhaid i bopeth ymddangos yn naturiol. Dyna pam nad oeddwn i eisiau i chi wybod fy mod i'n deall y sefyllfa, Malcolm. Roedd rhaid achub bywyd eich mab, a rhwystro'r ddau ddyn yna rhag dianc gydag arian y banc."

"Ond yr arian," meddai Malcolm Roberts. "Fe gerddais i allan o'r banc yn cario trigain mil o bunnau!"

"Syniad yr heddlu oedd hynny," esboniodd Mr Humphries. "Ches i ddim cyfle i siarad â phrif swyddfa'r banc yn Llundain. Roedd rhaid imi benderfynu ar unwaith. Fi ddywedodd wrth Jeffries am roi allweddi'r diogell ichi."

Edrychodd rheolwr y banc ar Susan a Dafydd.

"Mae eich teulu chi'n werth mwy na thrigain mil o bunnau," meddai'n ddifrifol.

Pesychodd Malcolm Roberts. Roedd e wedi dweud cymaint o bethau drwg am Mr Humphries. Teimlodd yn euog iawn!

"Fe wnaeth yr heddlu eu gwaith yn dda," dywedodd rheolwr y banc. "Fe aeth popeth yn esmwyth iawn — gyda help y cwmni tacsi, wrth gwrs."

44

Yn sydyn criodd Sioned yn ei gwely bach ac aeth Susan i ofalu amdani.

"Mae dau blentyn gyda fi hefyd," meddai Mr Humphries. "Rydw i'n gweld eu heisiau nhw'n fawr iawn. Gobeithio y bydd fy nhŷ newydd yng Nghaerdydd yn barod cyn bo hir." Trodd at Malcolm. "Gyda llaw, Malcolm, fe fydd Mr Jeffries yn ymddeol cyn diwedd y flwyddyn. Fe fydda i'n hapus i'ch cefnogi chi am y swydd yna."

Cochodd Malcolm Roberts, ond roedd rheolwr y banc yn edrych ar Dafydd nawr.

"Ti ydy gwir arwr y dydd, Dafydd," meddai. "Heb dy rybudd trwy'r cyfrifiadur fe allai'r banc fod wedi colli llawer o arian."

"Rydw i'n synnu eich bod chi wedi deall y neges, Mr Humphries," atebodd y bachgen gan wenu'n braf. "Mae fy athro, Mr Jones, yn dweud bod fy Ffrangeg i'n anobeithiol."

Winciodd Mr Humphries arno.

"Lwcus oeddwn i bod geiriadur Ffrangeg yn y banc," dywedodd. "Achos Almaeneg 'studiais i yn yr ysgol . . ."

45